AF407527

Dedicated to my little sheep,
Ellie Rose.

-2022-

Baa! Baa!

It's A Rainbow Sheep!

By Dana R. Costabile

1 sheep

red sheep

baa!

2 sheep

orange sheep

baa!

3 sheep

yellow sheep

baa!

4 sheep

green sheep

baa!

5 sheep

blue sheep

baa!

6 sheep

purple sheep

baa!

7 sheep

white sheep

baa!

8 sheep

black sheep

baa!

9 sheep

gray sheep

baa!

10 sheep

It's a rainbow sheep!

baa! baa!